Brady Brady
et l'échange monstre

Mary Shaw

Illustrations de Chuck Temple

Texte français de Jocelyne Henri

Éditions
SCHOLASTIC

Catalogage avant publication de Bibliothèque
et Archives Canada

Shaw, Mary, 1965-
[Brady Brady and the great exchange. Français]

Brady Brady et l'échange monstre / Mary Shaw ;
illustrations de Chuck Temple ;
texte français de Jocelyne Henri.

Traduction de : Brady Brady and the great exchange.
Pour enfants de 4 à 8 ans.

ISBN-13 978-0-7791-1637-9
ISBN-10 0-7791-1637-2

I. Henri, Jocelyne II. Temple, Chuck, 1962- III. Titre.
IV. Titre : Brady Brady and the great exchange. Français.

PS8587.H3473B73414 2003   jC813'.6   C2002-905281-5
PZ23.S529Br 2003

Édition publiée par les Éditions Scholastic,
604, rue King Ouest, Toronto (Ontario) M5V 1E1.

6 5 4 3 2   Imprimé au Canada   07 08 09 10 11

À Caroline, mon petit rat d'aréna.
Mary Shaw

À Dave, pour tes conseils et ta patience.
Chuck Temple

Aujourd'hui, les Ricochons ont un match de hockey.
Les joueurs se réunissent au centre du vestiaire
pour lancer leur cri de ralliement :
« *On est les plus forts,*
On est les meilleurs,
C'est nous les Ricochons,
Et nous les vaincrons! »

Puis, un par un,
les joueurs quittent le vestiaire.
Sauf Grégoire.

Au début de la saison, Grégoire a confié à ses coéquipiers qu'il souhaitait demeurer en arrière quelques minutes pour se concentrer sur son jeu. Il reste toujours dans le vestiaire pendant que les joueurs vont s'échauffer sur la patinoire. Aujourd'hui aussi, les Ricochons laissent Grégoire seul. Après tout, ils ont chacun leurs propres superstitions.

Brady doit *toujours* être
le premier sur la patinoire.

Charlie ne joue *jamais* sans avoir
d'abord mangé du maïs soufflé.

Tess insiste pour que son père suive *exactement* le même trajet pour se rendre à la patinoire, en évitant les nids de poule et les couvercles d'égout.

Titan fredonne en enfilant son équipement, *d'abord* le côté gauche, *puis* le côté droit.

Durant la séance d'échauffement, Brady s'aperçoit qu'il a oublié les bouteilles d'eau et retourne les chercher dans le vestiaire. Il voit Grégoire se débattre pour enfiler ses patins, les joues gonflées par l'effort et le front dégoulinant de sueur.

— Est-ce que ça va, Grégoire? demande Brady à son coéquipier, dont le visage est tout rouge.

— Je… Ça va, Brady Brady,
répond Grégoire en essuyant
rapidement la sueur qui lui coule sur le nez.
J'arrive tout de suite.
Brady prend les bouteilles d'eau et s'apprête à sortir.
Il sait que son ami ne dit pas la vérité.
— Si tu ne te sens pas bien, dit Brady, tu n'es pas obligé de jouer.

Grégoire regarde Brady d'un air triste.

— Je ne veux pas laisser tomber l'équipe, mais je ne pourrai pas jouer avec vous aujourd'hui… ni les autres jours.

— Qu'est-ce que tu veux dire? demande Brady.

Grégoire se penche vers son ami.

— Mes patins sont trop petits, chuchote-t-il tristement, et mes parents ne peuvent pas m'en acheter des neufs.

Quand je joue, j'ai très mal aux pieds.

Grégoire remet son équipement dans son sac. Brady remarque ses pieds rouges et enflés. Depuis un mois, Grégoire ne porte plus de bas dans ses patins. Ses coéquipiers n'y comprennent rien, parce que Grégoire a toujours prétendu que ses bas verts lui portaient chance. À présent, Brady connaît la vérité.

Brady fouille dans son sac et en sort
une bouteille de lotion.

— Ma mère l'a mise dans mon sac parce qu'elle dit que mes
gants sentent mauvais, explique Brady. Si tu mets de la lotion
sur tes pieds, tu arriveras peut-être à enfiler tes patins? Es-tu
capable de jouer encore une fois avec ces patins-là? Après,
on essaiera de trouver une solution.

Grégoire *et* ses pieds se sentent déjà beaucoup mieux.

En faisant le tour de la patinoire, Grégoire essaie de ne pas penser à ses orteils douloureux. Mais, à la troisième période, Brady se rend compte que son ami souffre. Il lui suggère donc de rester devant le filet pour qu'il puisse passer la rondelle.

Personne ne semble s'apercevoir que quelque chose ne va pas, et les deux garçons sont soulagés quand le match prend fin.

Dans le vestiaire des Ricochons, les commentaires fusent
de toutes parts, comme d'habitude après une partie.

C'est Charlie qui donne une idée à Brady.

— Il me faudrait des brassards plus gros, dit Charlie en faisant jouer ses muscles à peine développés. Ça m'aiderait à mieux couvrir l'entrée du filet.

— Ma mère voudrait que je me débarrasse de mes gants puants, ajoute Brady. Ça me donne une idée géniale!

Tout le monde se tait et l'écoute.

— Nous allons organiser la plus grand opération d'échange jamais vue! Apportez toutes les pièces d'équipement que vous ne portez plus, et vous pourrez peut-être les échanger contre autre chose! dit Brady en faisant un clin d'œil à Grégoire.

Les joueurs trouvent l'idée excellente.
Ils passent le reste de la journée à accrocher partout des affiches annonçant la gigantesque opération d'échange qui se tiendra sur la patinoire, dans la cour de Brady.

Ce soir-là, Brady et Grégoire sont tellement énervés
qu'ils ont de la difficulté à s'endormir.

Quand le grand jour arrive, Grégoire est le premier sur les lieux, ses patins trop petits sous le bras. Brady a fait des affiches, qu'il a installées dans les bancs de neige, autour de la patinoire.

Grégoire place ses patins sous l'affiche « PATINS ».
Des gens de partout dans la ville se présentent.

Brady repère des gants parfaits pour lui. Il est persuadé
qu'ils vont l'aider à compter des buts importants.
Charlie trouve des brassards plus gros. Il est convaincu
que personne n'arrivera à le déjouer.

Grégoire attend patiemment de trouver des patins à sa pointure.
Son enthousiasme diminue chaque fois que des patins
sont déposés sous l'affiche, parce qu'ils sont soit trop grands,
soit trop petits.

Grégoire est sur le point de perdre tout espoir quand Brady
sort de la maision et dépose ses patins sous l'affiche.
— Qu'est-ce que tu fais, Brady Brady? demande Grégoire
en les ramassant. Tu files comme le vent avec ces patins-là!
— Il est temps que quelqu'un d'autre file comme le vent, dit Brady.

Les pieds de Grégoire glissent facilement dans les patins.
— PARFAITS! crient les deux garçons en même temps.

Grégoire saute sur la patinoire pour essayer ses nouveaux patins. Brady regarde la pile de patins devant lui. Aucun n'est à sa pointure. Finalement, il en choisit une paire et l'essaie. Pendant qu'il attache les lacets, Grégoire s'approche de lui et sort quelque chose de sa poche.

— Ils ont l'air un peu grands, Brady Brady. Tiens, essaie ça,
dit-il fièrement en lui tendant ses bas verts. Ils vont remplir
tes patins et te porter chance.
Grégoire a raison. Les bas chanceux remplissent bien
les nouveaux patins de Brady.

Les lampadaires s'allument dans la rue pendant que les derniers clients
ravis quittent la cour. Brady et Grégoire ont toute la patinoire à eux seuls.
Il reste une seule pièce d'équipement dont personne n'a voulu…

les gants puants de Brady Brady!